몸의 언어

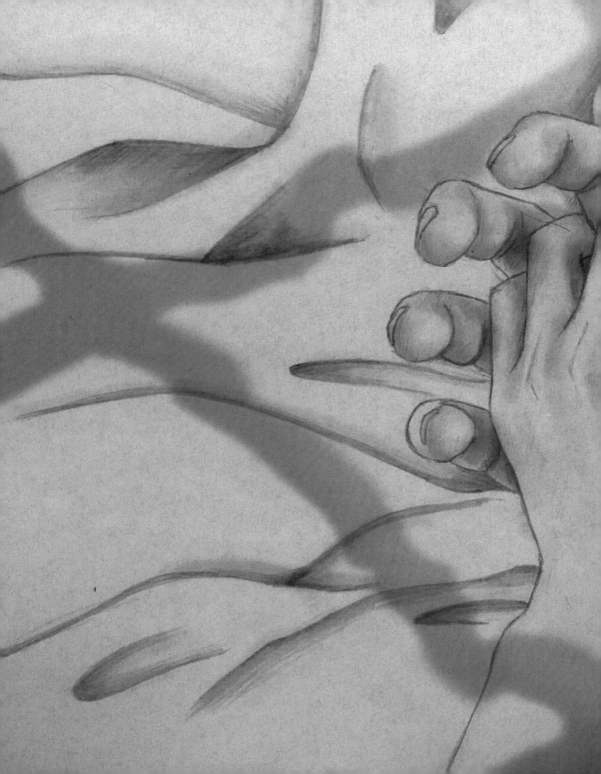

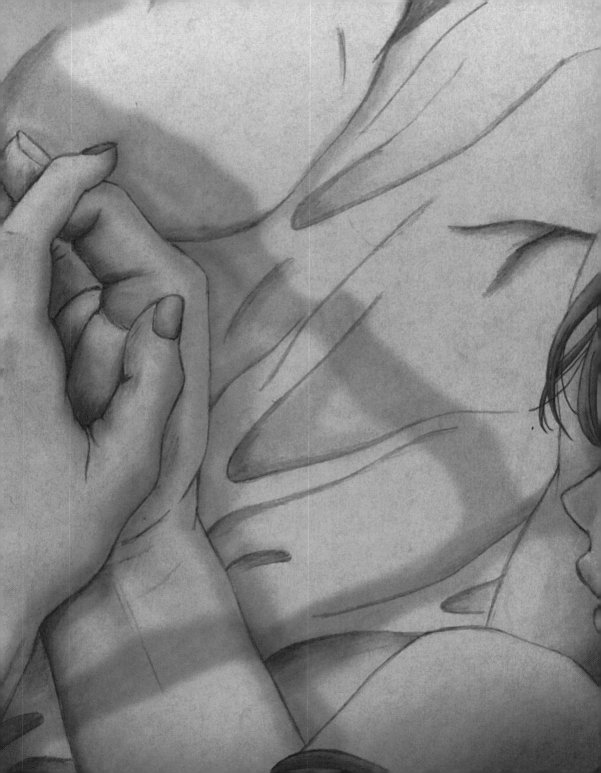

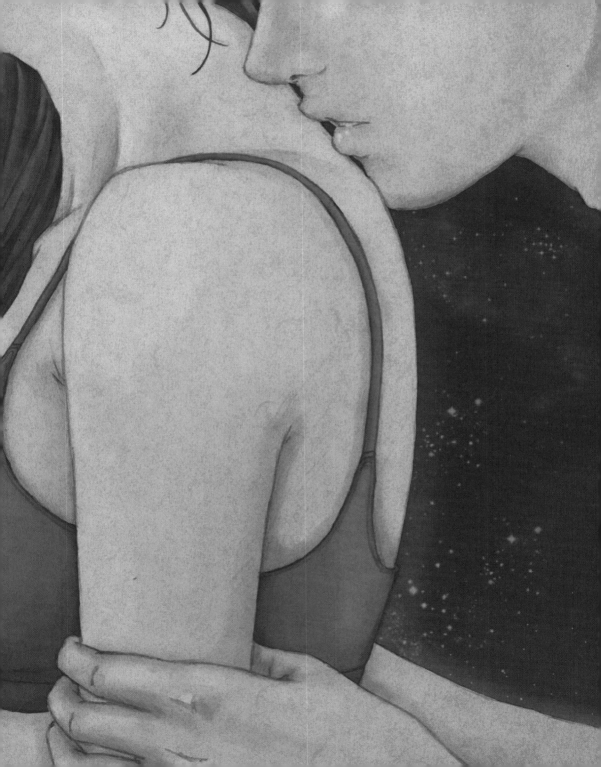

몸의 언어

너와 내가 나누는
비밀 이야기

나른 지음

플로베르

프롤로그

사랑을 해본 사람이라면 누구든,
사랑 때문에 뒤척이는 밤을 보낸 적이 있을 거예요.
저도 그렇습니다.
사랑은 손에 꼭 쥐고 있는 것 같다가도 곧 놓치고 마는 것이었습니다.
세상 대부분의 일은 경험이 쌓일수록
요령을 터득하거나 노련해지는 것이 당연한데,
이상하게 사랑은 겪어도 겪어도 잘 모르겠는 무엇이었습니다.

사랑이 저에게 언제나 중요했음에도,
그것이 건네주는 마음을 정리해본 적은 없었어요.
어느 날 문득 직접 겪었던 사랑을 되짚고,
그동안 내면에 일어났던 일들을 정리하고 싶어졌습니다.
마음은 종이에 잡아두지 않으면
금세 흘러가 기억 속에서 흐릿해지니까요.
눈에 보이지 않는 사랑이라는 개념을 가시화하고,
사랑이 시작하는 순간부터 끝나는 지점까지
그것이 얼마나 아름답고 어리석고 애달프고
또 소중한지를 『몸의 언어』에 쓰고 그려냈습니다.

이 책엔 아름다운 사랑 이야기만 담겨 있지 않습니다.
만남, 사랑, 이별, 새로운만남….

우리가 흔히 겪는 사랑의 단계를 한 걸음씩 밟아나가고 있어요.
행복한 사랑도, 어려운 사랑도 모두 그 마음의 일부이기에
어느 과정도 누락하고 싶지 않았거든요.

이 책에는 제법 농도 높은 연인의 모습도 담겨 있습니다.
어떤 분들에게는 굳이 이렇게 직설적으로 표현해야 했을까
싶은 장면도 있을 테지만,
저는 깊고 진한 스킨십은 그 자체로 어떤 메시지가 된다고 생각합니다.
그것이 긍정적이든, 부정적이든, 애매하든
몸을 마주하는 이들 사이에 흐르는 어떤 언어가 있다고요.
눈만 마주치고 있어도 사랑에 사무칠 수 있고,
키스하면서도 미워할 수 있는 것이
사람만이 나누는 복잡한 대화라고 생각했습니다.
이는 모든 이가 겪는 평범한 사랑의 모습이라고도 여겼기에
그 사랑을 때로는 아주 직설적인 일러스트로 담아냈습니다.

물론 『몸의 언어』는 사랑에 대한 저 개인의 시선과 상념의 기록입니다.
지극히 사적인 경험이 녹아 있기에
어떻게 보면 단순한 자기표현의 결과물이라고 할 수 있어요.
하지만 세상 많은 일이 그러하듯 개인의 경험은
또 누군가의 경험과 상통한다고 믿습니다.

이 결과물이 제가 모르는 분들의
공감을 얻을 수 있지 않을까 기대하게 돼요.

『몸의 언어』를 통해 누군가가 자신의 사랑을 되짚어보고
마음에 작은 진동이라도 느낀다면,
저와 비슷한 마음을 지녀본 이가 고개를 끄덕여준다면,
또 다른 경험을 했던 이가 '이런 사랑도 있구나' 하고 보아준다면
더할 나위 없이 기쁠 것입니다.

차례

chapter 3. 너의 손을 처음 잡던 날

chapter 4. 이게 사랑이 아니면 뭐란 말이야

chapter 5. 영원하지 않은 사랑도 충분히 근사할 수 있다고

chapter 6. 처음이자 마지막

1장

어떤
고백

설
렘

조곤조곤한 목소리, 다정한 말투,

대화 중 나오는 특유의 제스처,

큰 키, 적당히 마른 체형,

가늘고 긴 손

네가 좋아서 그것들이 마냥 좋았던 건지,

그것들이 좋아서 네가 좋아졌는지 알 수 없지만

네가 좋았고, 또 너의 일부들이 좋았다.

생각해보면, 연애하지 않을 때마다 이따금 이런 말을 들었다.

"넌 왜 연애를 안 해?"

그러면 한결같이 대답했다.

"아무나 만날 수는 없잖아요."

연애하기 위해 연애하는 것만큼 무의미한 일은 없는 것 같았고,

무엇보다 나를 아무에게나 쉬이 건네주고 싶지 않았다.

그런데 네가 나타났고

우리는 마치 이 만남을 미리 예정이라도 했던 사람들처럼

빠르게 가까워졌다.

사람에게 호감을 느끼는 양상은
크게 동질감과 이질감으로 나뉜다는데,
우리는 어땠을까?
사실 이분하여 말할 순 없을 것이다.
사람은 평면이 아닌 입체적 존재여서
누구를 만나든 상대에겐 나와 비슷한 면과 다른 면이 다 있을 테니까.
중요한 점은 내가 원하고 필요로 하는 무언가가 너에게 있었다는 것이다.

네가 좋아지기 시작하자 네가 궁금해졌다.
네가 어떤 사람인지, 어디 사는지, 무엇에 웃고 우는지,
달달한 로맨스 영화가 좋은지, 난해한 예술 영화가 좋은지,
매운 음식을 잘 먹는지, 버스를 좋아하는지 전철을 좋아하는지…
무엇보다 과연 날 얼마나 좋아하는지….

조용히 관찰했다, 너라는 세계를.
이런 다정하고 겸손한 시선이 가능할 수 있었던 것은,
두 가지 이유 때문일 것이다.
나는 너를 잘 몰랐다는 것, 그러나 너를 간절히 원했다는 것.
너를 처음 만나 오로지 너에 대한 열망으로 가득했던 시기였기에,
가장 신중한 태도로 너에게 다가갈 수 있었다.
완전히 타인이었던 우리가 연인이 되어가는 과정은

말로 다 설명하기 어려운 현상이었다.
'서로 좋아해서 만난다'는 이 단순한 문장은
처한 환경과 심리적 요소들이
필요한 순간에 필요한 만큼 적절히 잘 배합되고 어우러져야
비로소 완성되는 것이니까.

우리의 사랑이 순도 백 퍼센트의 보석같이
무결하기 때문에 아름다운 것이 아니다.
그 속에 불순물이나 결점이 섞여 있음에도 아름다워서 사랑인 것이다.

혼자인 삶도 충분히 아름답고 충만하다.
특히 건강하지 않은 연애를 하는 삶보다
홀로의 삶이 훨씬 행복할 수 있다.
그럼에도 많은 이들이 사랑에 빠진다.
그것은 분명 두려우면서도 근사한 일일 테니까.

그러니, 사랑을 시작하는 중이라면
겁 없이 사랑에 빠져보자고 말하고 싶다.
삶의 많은 요소와 복잡한 마음이 절묘하게 맞아 들어가 맺어진
특별한 인연일 테니 말이다.

눈맞춤

우리가 처음 눈을 맞췄던 찰나를 기억해.
나는 왜인지 몸을 움직일 수 없어서
자꾸만 하늘로 시선을 돌렸어.
더 보다가는 꼭 무언가 들통 날 것 같아서.

오래 바라볼 수 있게 되면서
우리는 비로소 안심했을지 몰라.
아, 나만 들켜버린 게 아니구나.
너도 그렇구나 하면서.

더 많이 맞추고 싶어.
들킨 마음을 네게 더 오래 보여줄 수 있게.

물음

"벗겨도 돼?"
"이미 하고 있으면서."

이 물음이 좋아.
작은 것 하나부터
내가 괜찮은지 살펴주는 것.

약속

"어디 가지 마."
"응, 나 여기 있어."

가장 진실되고도 가장 거짓되며
가장 달콤하면서 가장 허망하고
가장 안전하게 들리지만 가장 불안정한 약속.

그러나 너와 내가 이것을
한없이 믿을 수밖에 없는 이유는
맞대고 있는 서로의 살결이, 체온이
이토록 따뜻하기 때문일까.

어떤
고백

"만약 사랑받고 싶은 마음이 연약한 거라면,
그 마음을 펼쳐 보여주는 일이 아이 같은 거라면,
나는 연약한 아이가 될래."

우리는 불안정하고 약하다.
사랑하고 사랑받고 싶어 한다.
둘이라고 완벽한 상태가 되지는 않는다.
다만 너와 내가 온전히 하나가 되는 몇몇 기적 같은 순간,
완전한 행복감이 주어지는 찰나의 순간들이
서로를 곁에 있게 한다.
필연적인 결핍과 불안을 인정할 때 비로소
모두 발가벗은 상태,
아무것도 덧대지 않은 나약한 상태,
아니, 어쩌면 모든 긴장이 풀어진 가장 원래의 내가 되어
나지막이 고백할 수 있지 않을까.

어차피 불안한 삶이지만
네가 있다면 조금은 살 만한 오늘이 될 거라고,
내 삶에 누군가 있어야 한다면
너였으면 한다고.

함께
있기

──오늘 달 봤어요?
"응, 예뻐. 당신 같아요."

달이 유난히 예쁜 날
하늘을 보라고 말해줄 사람이 있다면
그건 사랑일 거라고, 믿어.

홀로 보기 아까워 같이 보자고 말을 건네면
나는 달 속에서 너를 발견하고
너는 달 속에서 나를 발견하지.

우리는 떨어져 있지만 함께가 되고
만질 수 없어도 포옹할 수 있게 돼.

불완전함

"네가 너무 완벽해서 못 보겠어."
"네 눈에만 그런 거야."
"그랬으면 좋겠다."

완벽하지 않은 내게 속삭이는 너의 완벽하단 말은
도리어 내가 완벽하지 않아도 괜찮게 만들어.

너의 포옹은 나의 불완전함을 품어.
너의 사랑은 나를 사랑하게 만들어.

보고
싶다

"보고 있는데 보고 싶어."

보고 싶다는 말은 얼마나 사랑스러운지.

너를 그저 눈에 담고 싶다고,
바라만 봐도 괜찮다고,
그거면 충분하다고 하는
그 욕심 없는 말이.

사랑을 확인하는
조금은 이상한 방법

네가 나 때문에 화가 나면,
네가 나 때문에 울면
나는 기분이 좋아져.

내가 네게 중요한 존재가 되는 것 같거든.

네가 나로 인해 흔들리고
또 균형을 잃을 때
네게서 깊은 사랑을 느껴.

이건 너와 내가 상관이 있음을,
내가 네게 영향을 주는 존재임을
확인할 수 있는 조금은 이상한 방법.

그러니까 때로는 나 때문에 울기도 하고
화가 나기도 했으면 좋겠어.

사랑의
체험

"알고 싶어.
네가 어느 부분이 얼마큼 여린지,
어디를 톡 건드리면 쉽게 무너지는지,
그래서 너는 어떤 보호가 필요한지."

우리는 불안한 채로 만나 각자의 불안을 얘기했지.
그것은 상처 내기 쉬운 가장 여린 살을 보여주는 일과 같았어.

우리는 서로의 약함을 기꺼이 떠안는 최초의 사람이 되어주었어.
그것은 가장 농밀한 사랑의 체험이었지.

우리는 충만해졌어.
더 나은 삶을 위해 노력할 이유도,
늘 신기루같이 느껴지던 행복이란 것을 찾아 헤맬 필요도 없었어.
이보다 더 만족스러운 상태란 없을 테니까.

이대로 함께 서서히 죽어가도 좋아.
이 세상에 사랑 외에 더 궁금한 것은 없으니까.

사랑이라
이름하는

"날 침범해줘. 선을 넘어줘."

나의 세계에 타인을 들이는 것은 꽤나 버겁다.
가끔은 누구도 다가오지 않기를 바랄 정도로.

이런 나에게도
침범해주기를 원하는,
내 세계를 균열 내도록 허락하는,
섞여 들어오라고 손 내미는 관계가 나타난다.

두 세계가 만나
새로운 세계를 만들지, 혹은 충돌할지 알 수 없지만
이 막연한 두려움까지도 용인하는 관계.

우리, 그 관계를 사랑이라 이름하자.

2장

널 사랑하는
이유

열
정

유난히 힘든 일을 겪은 날이었다.

비가 내렸다.

그에게 전화를 걸어 상황을 말했다.

전화기 너머의 목소리는 다급하고 다정했다.

"내가 그쪽으로 갈까? 아니 그쪽으로 갈게."

얼마 후 택시에서 내린 그는 커다란 우산 아래에서 나를 안아주었다.
머리 위로 떨어지는 빗소리를 들으며 생각했다.
'이 품은 내가 언제나 다시 돌아올 곳이구나.'
이 경험은 나에게 여전히 중요한 기억으로 남아 있다.

사랑이란 무엇일까?
어떤 이는 이를 설명하기 위해 한 단어를,
또 어떤 이는 책 한 권의 분량을 필요로 할 것이다.
누구든 자신의 경험에 비추어 말할 수밖에 없을 것이다.
그만큼 저마다 다른 의미를 지닌 것이 사랑이다.

처음 사랑에 빠졌을 때에는 꼭 무언가에 홀린 듯했다.
간지럽고 야릇하고 황홀한 느낌.

이전에 경험한 적 없었고, 대체할 만한 다른 느낌을
찾기 어려울 정도로 특별했다.
가장 유명한 로맨티스트인 로미오도 『로미오와 줄리엣』에서 이렇게 말했다.

"사랑이 가냘프다고? 너무 거칠고, 잔인하고 사나우면서도
가시처럼 찌르는 게 사랑이네."

처음 하는 사랑 앞에서 나는 속수무책이었다.
일도 공부도 가족도 친구도 나 자신까지도 눈에 들어오지 않을 정도였다.
그는 내게 전부였다.
사랑은 뜨거운 열정을 주었지만,
그것엔 나를 다 태워도 괜찮다는 무모함도 담겨 있었다.
모든 것을 내던지는 맹목적인 것,
거칠고 사나운 것,
나의 처음 사랑은 안정이나 편안함과는 거리가 멀었다.

이제 와 돌이켜보면,
미숙한 만남이 지나간 자리엔 사랑에 너무 많은 기대를 걸고,
그래서 실망하고, 원망하고, 자책하는 내가 있었다.

다행히 몇 번의 만남을 거치며 내 사랑의 모양도 다듬어졌고,

점차 나 자신에게 다가갈 수 있었다.
내가 무엇에 아파하고 행복해하는지,
내게 필요한 관계의 모양은 무엇인지 찾아갔다.
그리고 동화나 드라마 속 주인공에게서 본 것과는 달리
사랑은 거의 대부분의 삶의 문제를 해결하지 못하며
그저, 문제의 존재를 잠시 잊게 해줄 뿐이라는 사실도 알게 되었다.
그날 그가 빗속에서 우는 나를 안아주었던 찰나에 느꼈던 평온함처럼.

누군가를 사랑하는 마음엔 힘이 있어서
일상의 많은 부분을 바꾸어놓기도 하고,
이전엔 본 적 없는 나를 보게 하고,
하지 못했던 것을 가능하게도 한다.
그리고 이것은 때론 맹목적으로 보일 수도 있는,
애틋한 사랑이 있어서 가능한 일이다.

우리의 사랑이 동화나 드라마에서처럼
무조건 해피 엔딩이거나 매 순간 아름답진 않겠지만,
사랑을 통해 타인과 끈끈하게 연결되고
온전한 공동체이자 온전한 개인으로서 점차 단단해질 것이다.

소원

"너랑 아무도 없는 곳으로 가고 싶어.
너만 신경 쓰고 싶어."

매일, 매 순간 함께하고 싶지만
삶이 도와주지 않을 땐
같이 아무도 없는 곳으로
도망치고 싶은 마음이 든다.

그러면 종일, 밤새도록,
네가 나에게 얼마나 애틋한지,
너는 어디가 어떻게 예쁘고 사랑스러운지에 대해
혀끝으로, 눈빛으로, 손짓으로, 온몸으로
얘기 나눌 수 있을까 해서.

가장 소박하지만, 가장 불가능한, 그런 소원.

사랑의
이유

"날 사랑한다는 걸 언제 알아차렸어?"
"널 왜 사랑하는지 설명할 수 없다는 걸 알았을 때."

어떤 이에게는 네가 눈을 천천히 감았다 뜨는 것이,
고민할 때 아랫입술에 손을 살짝 얹는 것이,
웃을 때 콧등을 찡그리는 것이,
집중할 때 턱을 괴는 것이,
수줍어할 때 손으로 얼굴을 가리는 것이
얼마나 사랑스러운지 아무리 설명해도 그는 공감하지 못할 거야.
그에게 너는 전혀 특별할 것 없는 사람이라서
너를 왜 사랑하는지 설명할 수 없어.
사실, 너 같은 사람은 세상에 많아서.
오늘도 스쳐 가는 많은 이에게 너는 의미 없는 한 사람.
따분한 거리 속의 작은 점.
하지만 나에겐 늘 신기하고 과분해서
너의 모든 것이 어떤 의미가 돼.

그러니 '내가 사랑하는 너'는 실존하면서 실존하지 않는 존재.
널 사랑하는 이유를 설명해야 한다면,
'왜 사랑하는지 설명할 수 없기 때문'이라고
나약한 한마디 뱉어내겠지.

소유

"너는 누구의 것도 아니지만
네가 내 거였으면 좋겠어."
"지금은 허락해줄게."

너를 가질 수 없고, 가져서도 안 됨을 알고 있다.
단지 사랑한다는 이유로
너를 내 세계에 가둘 수 없으니까.
그러기엔 네가 사무치게 아름다우니까.

하지만, 네가 내 다리 사이로 들어오면
너를 다 가진 것 같은 기분이 들어.
우리가 영원할 것 같은 착각이 들어.

너의
맛

네 입술, 네 혀, 너의 살갗이 내 혀끝에 닿아
입안에 채 다 들어오기도 전에 녹아내린다.
부드럽고 연한 커스터드 푸딩처럼.

네게 입술을 갖다 대어
너를 사근사근 깨물어본다.
내 몸 군데군데에 맞닿은 너의 살을
조심히 느껴본다.
그저 부비고 있는 살에서도 너의 맛이 느껴진다.

어떤 맛이 나느냐고 묻는다면,
달콤하고 시리고 쓰고 애틋한 맛.
심장이 저려오는 맛.

등

등을 맡길 수 있다는 건 얼마나 큰 신뢰일까.
그것은 차마 볼 수 없는 내 뒤를 빌려주는 일.

네가 무엇을 하는지 보이지 않지만
무엇을 해도 괜찮을 거야.

그러니 뒤돌아보지 않을 거야.

네가 하는 그대로 둘 거야.

| 숨

너를 안으면 내 볼이 네 목이 닿아.
이곳은 너의 숨이 지나는 곳.
그거 아니?
실은, 손이나 입술만큼 내어주기 어려운 곳이란 걸.

네 목에 얼굴을 묻고 있으면
우린 어느새 같은 속도로 숨을 쉬고 있어.
너의 숨과 나의 숨이,
아니, 어쩌면 너의 생명과 나의 생명이 연결되는 것만 같이.
그래서 내가 숨을 멈추면 너도 멈추고,
네가 숨을 멈추면 나도 멈추기라도 할 듯이.

이 호흡은 나만 아는 호흡.
이 온기도, 이 작은 움직임도 모두 나만 아는 것.

결핍

결핍이 있는 네가 좋아.

오해는 마.
나는 그곳을 채우려 들지 않을 거야.

내가 줄 수 있는 사랑은
내 결핍을 열어 보이는 것.

그래서 네가 그곳을 자박자박 거닐고
거기서 곤히 잠들어
쉬게 하는 것.

그러면 나는 네 결핍 속에 들어가
씨앗을 심고 물을 주어
꽃을 피울게.

너를 만나
알게 된 것

.
.
.
.
.

섹스가 끝난 뒤 먹는
식사의 달콤함.

꿈

어느 날은,
모든 것이 꿈같아서
깨어나고 싶지 않은 거야.

구태여,
조심히 움직이고 속삭이듯 말을 건넸어.
여차하면 깨버릴까 해서.

이 공간,
이 온도,
이 촉감,
숨소리.

이게 정말 꿈이라면,
부디 영원히 잠들어
깨어나지 않기를.

우린 아마,
깨어날 꿈이 없음에도 깨고 싶지 않은
지독하게 달콤한 꿈을 꾸고 있는 것 아닐까.

품

세상은 내게 피할 수 없는 소음 같아.
숨이 붙어 있는 한
계속해서 들려와 나를 괴롭히지.

나, 숨을 곳이 필요하니 네 품에 숨겨줘.
아무도 찾지 못하게,
아무 소리도 들리지 않게.

있는 그대로를
사랑하는 것

네가 살아오는 동안 네 곁을 스쳐 간 것들이
지금의 너를 존재하게 했어.

너를 만들어온 모든 사람,
모든 환경, 모든 사건, 모든 상황.
모든 것이 너의 일부.

현재의 너를 있게 한 전부에 애틋함을 느껴.
너의 현재를 사랑하니까.

너의 전체를 사랑한다는 건
너를 있는 그대로 사랑한다는 건
어쩌면 불가능한 일이겠지만,
할 수만 있다면 그러고 싶어.

어깨

네 어깨를 구경하는 것은 한껏 나약해져도 되는 일.

너의 얇은 어깨가
가득한 품이 되고 무한한 우주가 되어
나는 그곳을 뛰어다니는 천진한 아이가 된다.

만약 내가 넘어지기라도 하면
너는 내게 와 그 어깨로 나를 폭 감싸주겠지.
내가 울어버린다면
너는 내 옆에 쪼그려 앉아 같이 훌쩍이겠지.

그러니 나는 애써 강하지 않아도 돼.
너와 함께 마음껏 약해질 수 있으니까.

움직임

너의 풀린 눈,
힘을 뺀 입술,
꽉 움켜쥔 손가락,
미세하게 떨리는 몸,
모든 섬세한 움직임들.

이건 작은 단서들이야.

지금만큼은 네 세상에 온통 나 하나뿐이며
네 갈망의 대상 또한 오직 나뿐인 것을 확인할 수 있는
달콤한 단서들.

3장

너의 손을
처음 잡던 날

익
숙
함

설렘과 익숙함.
사랑을 할 때 두 감정 중 하나만 선택해야 한다면
사람들은 무엇을 고를까?

누군가는 오랜 시간이 지나도 설레고 싶어 하고
누군가는 빨리 익숙한 사이가 되고 싶어 한다.
둘 중 하나만 고르고 싶은 욕심이 생기겠지만,
사랑은 이 둘이 공존할 때에 더 아름다워지고
비로소 편안하면서도 낭만적이 된다.

설레는 맘으로 연애를 시작하지만
사랑이 매 순간 특별하고 낭만적이리라 상상했던 희망은 언젠가 깨진다.
일상은 지나치게 평범하다 못해 지루하고,
'연애'라는 특별한 사건도 이 평범함을 피해 가지 못한다.
우리는 일상과 동떨어진 천국이나 꿈속이 아니라
지난한 하루하루 속에서 사랑하고 있으니까.

팔베개는 생각보다 불편하고
널찍하던 침대도 함께 쓰면 좁아지며
영화에서 보았던 열정적이면서도 우아한 섹스는 거의 없다.

우리는 이 상태를 좋은 말로는 익숙함
나쁜 말로는 지루함이라고 부른다.

설렘이 지나가면 사랑이 건조해진 것만 같지만
익숙함이 반드시 설렘보다 나쁜 것일까?
시간이 흐르며 점점 연인을 파악하게 되고
사소한 습관부터 말투나 행동들이 눈에 선해진다.
말하지 않아도 알 수 있는 것,
이는 분명 다정함이 깃든 시선일 것이다.

연인은 익숙해지면 지루한 존재가 되기도 하지만
또 익숙해서 애틋해지기도 한다.
수많은 교감을 거쳐 익숙해지는 과정 없이
누군가를 안다고 말할 수 없는 법 아닌가.

설렘이나 낭만을 선사하는 행위들은 무척 달콤하지만
그 자체로 사랑은 아니다.
그것들은 의외로 흉내 내기 쉬운 모양을 하고 있어서
사랑하지 않아도 사랑을 고백할 수 있고,
꽃을 건네고, 키스할 수 있는 존재가 인간이다.
연인 사이의 폭력이 얼마나 만연한지 뉴스나 신문기사만 봐도 알 수 있다.

사랑한다던 이를 죽이기까지 하니까.

돌이켜보면, 내가 사랑받고 있음을 충분히 느꼈던 순간은
낭만의 정점을 찍었던 몇몇 장면이 아니라
익히 잘 아는 그 품에서 신나게 뛰어놀아도 괜찮다는 것을,
더 이상 사랑받으려 애쓰지 않아도 된다는 것을 알아차렸을 때였다.

사실 익숙함과 설렘은 서로를 부러워하는 것 같다.
설렐 땐 익숙함을, 익숙할 땐 설렘을 갈망하는 것을 보면.
이는 연인들이 겪는 자연스러운 현상이지만
우리가 어느 과정 중에 있든
사랑을 쉽게 포기하지 않기를 바란다.
설렘도 낭만도 익숙함도 편안함도 그 자체로 사랑이 아니며,
이를 모두 합한 총량도 사랑에 미치지 못한다.

비록 우리는 곧잘 흔들리지만,
주어진 사랑을 의심하는 데에 힘을 쏟는 것이 아니라,
지켜내고 가꾸기 위해 애쓰는 현명함이 너와 나에게 있기를.

적막

너와 함께 있을 때,
정적이 흐르는 순간을 좋아해.
불편하고 숨 막히는 어떤 적막이 있는가 하면,
너와 함께하는 적막은 안전하고 자유로워서
우리는 이 침묵을 깨려 애쓸 필요가 없어.

때때로, 사랑받는 느낌은 사랑하지 않아도 줄 수 있지만
안전하다는 느낌은 사랑해야만 줄 수 있지.
너와 함께하는 적막은 내가 돌아와야 할 가장 안전한 품.
이 속에서 나는 무한한 사랑을 느껴.

❘ 온기

날이 차가울 때면
우리는 우리를 꼬옥 안아주잖아.

우린 알고 있지.
안는다고 해서 아주 따뜻해지지는 않는다는 걸.

우리가 안고 있는다고 이 겨울이 춥지 않을까.
아니, 춥다는 걸 잠시 망각할 수 있을 뿐이야.

애써 서로의 온기를 품어보지만,
찬 공기는 여전히 옷 속을 스며들고.
우린 여전히 춥지만,
또 여전히 안고 있어.
망각한 채로.

네가 있어서 이 겨울은
조금 견딜 만한 계절이 되었어.

| 다정함

나에게만 다정한 사람이 좋다고 생각하던 때가 있었다.
타인에겐 차갑고 나에겐 따뜻한 사람.
그게 사랑이라고,
사랑은 필히 그런 것이어야 한다고 생각했더랬지.

지금에 와서는, 누구든 다정히 대할 수 있는 사람이 좋다.
상냥한 말, 친절한 태도를 건넬줄 아는 사람.

물론, 사랑하는 이에게 더 다정해지고
타인에게 보여주기 어려운 모습을 보이는 것은
분명 자연스러운 일이지만,
뚜렷하게 다른 인격을 보이는 이는 빠르게 바닥이 드러난다는 것을,
연인을 대하는 태도는 타인을 대하는 태도에서
크게 벗어나지 않는다는 것을,
관성처럼 사람은 결국 원래로 돌아가는 법인 것을 꽤나 보았으니까.

그러니까 나는 네가 나에게만 다정한 사람이 아니라
원래 다정한 사람이어서 좋아.

익숙함

너의 손을 처음 잡던 날,
나는 앞으로 가장 자주 잡게 될 타인의 손을
물끄러미 바라보며 생각했어.

'혹여 놓쳐버릴까, 손가락 사이로 흘러가버릴까 두려운 이 손도
익숙해지면 무뎌지고 더 이상 소중하지 않게 될까?'

그날, 나는 태어나 처음 잡아보는 타인의 손을
오래도록 만지작거리며 확신했지.
소중하다면 익숙함에 속을 리 없다고.
이 손은 분명, 언제나 다시 잡고 싶은 손이 될 거라고.

사랑을
배워

사람들은 보통
사랑이란 깊은 감정만 있으면
잘해낼 수 있는 것이라 생각해.

하지만 관계는 처음부터 능숙히 해낼 수 있는 게 아니라
배우고 익혀야 하는 거지.
실수하고, 틀리고, 실패하면서.

사랑을 도무지 할 줄 몰랐던 나는
이제야 사랑을 배워.
관념 속의 모호했던 단어를
조금 만질 수 있게 됐어.

이제 막 글을 읽기 시작하는 아이처럼 생각해.

'그래, 사랑은 이렇게 하는 거구나.
사랑하는 사람은 이렇게 대하는 거구나.
이렇게 섬세한 마음이었구나.'

네게서 사랑을 배워.
너와 자라가고 싶어.

의미

"네 몸은 부드럽고 다정해."

사람은 홀로 있어도 존재 자체로 충분히 의미 있지만,
누군가와 사랑을 시작하면서부터
전에는 없던 또 다른 의미를 지니게 된다.

서로 눈을 맞추고
말을 걸고
손을 잡고
허리를 감아 안으면서,
그렇게 서로의 시선에 담기고 애정에 반응하며
그 존재에 새로운 의미가 추가된다.

서로에게 새롭게 더해주는 의미로 인해
우리 존재는 더 충만해진다.

마치 내 몸이 부드럽고 다정하다는 사실을
너를 통해 알 수 있었던 것처럼.

그래서 사랑을 하고 또 상실하는 경험은
존재의 의미에 변화를 주고,
꽤 선명한 충격을 남기는 사건이 되는 것이 아닐까.

다만
애써야 할 일

사랑을 받기 위해,
혹은 주기 위해 안달하는 사람들이
상대를 온전히 사랑하는 일을 거의 보지 못했다.

나는 언젠가부터, 사랑받기 위해 애쓰지 않게 되었다.
주기 위해 애쓰지도 않는다.
그것들이 얼마나 공허한 일이며,
그럴수록 사랑과는 거리가 멀어진다는 것을 알기 때문에.

우리가 할 수 있는 것은
이 만남이 사랑의 본질에 점차 가까워지게 하는 일.

그러니, 우리 다만
사랑에 다가가기 위해 애쓰자.

취향

너는 나와 디저트를 고를 때면 꼭 치즈케이크를 먹자고 해.
사실 난 치즈케이크를 아주 좋아하진 않지만 그러자고 하지.

네가 좋아하는 것들을 조금씩 알아가는 게 무척 신나거든.
너에게 소소한 만족을 줄 수 있다는 것이,
이런 아무것도 아닌 행위로도 애정을 줄 수 있다는 사실이
날 기분 좋게 하거든.

한 사람의 취향 속에는
그의 하루, 삶의 방식이 담겨 있어.
그의 손길이 자주 가닿아 있는,
그래서 늘 때 묻어 있는 것들.

각자의 취향 속에는 저마다의 이유가 있어.
그러니, 취향을 알고 존중한다는 것은 얼마나 다정한지.

4장

이게 사랑이 아니면
뭐란 말이야

갈
등

　　　　"사랑해."

　　　　"행복해."

　　　　"보고 싶어."

따위의 달콤한 말들을 좀처럼 주고받지 않게 되는 순간이 온다.
언제나 근사하고 낭만적인 태도로 연인을 대하는 것은 거의 불가능하다.
연애는 결국 연인과 삶을 공유하는 것이기 때문에.

좋든 싫든 우리는 연인의 삶을 통째로 건네받는다.
그렇게 서로의 세계를 공유하면서부터 갈등이 생긴다.
양보할 수 없는 무엇이 생기고,
도저히 사랑할 수 없는 모습들도 보일 것이다.

그런 의미에서 갈등은 꼭 부정적인 것이 아니다.
우리가 달콤한 연애 감정 너머의 삶까지 공유하고 있다는 증거가 되니까.
그래서 미성숙한 다툼들로 인해 기어코 이별을 맞이해도
그 만남이 처음부터 끝까지 무가치했다고 말하지는 못하는 것이다.

물론 갈등 상황에서 우리는 연인에게 끝없이 인색하고
유치하고 잔인해지기도 한다.

왜 오늘은 먼저 보고 싶다 말하지 않는지,
왜 선물해준 옷이 아닌 다른 옷을 입고 왔는지,
왜 말해줬던 방법대로 애무하지 않는지,
왜 굿 나이트 키스를 하지 않고 잠들어버렸는지,
왜 이번 주엔 한 번밖에 만나지 않았는지.

불만이나 서운함은 항상 갈등의 주재료로 여겨지지만
발가벗겨진 여린 마음일 뿐이다.
그리고 사랑을 들키는 일이다.
너에 대한 내 사랑이 꽤 크다는 것을.
실은 사랑하지 않으면 다툴 이유도 화낼 이유도 없으니까.
갈등은 사랑의 반의어가 아니라 사랑의 다른 이름이다.
우리는 사랑해서 기대하고, 기대해서 갈등한다.

알랭 드 보통은 『왜 나는 너를 사랑하는가』(청미래, 2007)에서
싸우는 연인의 심리를 이렇게 표현한다.

"너를 이런 식으로 미워할 수 있다는 게 기분 좋아.
네가 이것을 받아들이니까 마음이 놓여.
내가 너한테 꺼지라고 말하면
너는 나한테 뭘 집어던지기는 하지만 떠나지는 않거든.

그게 안심이 돼.”

점잖게 포장되어 있던 나는 싸움 속에서 비로소 내가 된다.
갈등은 가장 내밀한 자아를 발현하게 한다.
그래서 관계를 향한 신뢰의 정점을 찍는 행위는,
상대 앞에서 기뻐하는 것도 우는 것도 아닌, 화를 내는 것일 수도 있다.

물론 갈등이 서로를 다치고 상하게 하는 일임을 기억해야 한다.
서로의 깊숙한 곳까지 알아가는 계기가 되지만,
잘 매듭지어지지 않으면 어떤 좋은 의미도 남길 수 없게 되니까.

결국, 갈등 자체보다 중요한 것은 듣고 이해하려는 시도다.
잘 보이진 않지만 그 시도 속엔 희미한 마음들이 존재한다.
관계를 지키려는 의지, 너를 모른다는 겸손, 화해를 원하는 애달픈 마음,
상대를 다치게 하지 않으려는 신중함, 짙은 농도의 다정함같이 여린 마음들이.

이 시도는 큰 문제를 아무것도 아니게 만들 수도 있고,
작은 문제를 눈덩이처럼 키울 수도 있다.
서로를 완벽히 이해하는 것은 어차피 불가능하겠지만
이 마음마저 없다면 우리는 서로에 대해 아무것도 알 수 없게 되겠지.

불안

불안은 관계를 잠식한다.
어떤 관계는 불안을 뛰어넘는다.
우리는 이 관계를 사랑이라 부른다.

사랑은 흔한 일이 아니다.
그러니 사랑을 남용하지 말 것.

이 지금의
사랑

"네가 있어 정말 행복하지만
동시에 두려워.
언젠가 끝날지 모른다는 생각에.
마음껏 행복해하다가 어느 날 끝나버려
내가 너무 슬플까 봐.
세상에 영원한 것은 몇 가지 안 되니까.
이 사랑이 영원할 수 있을까?
끝을 가늠하는 일이 이토록 두려운 적이 없었어."

"우리는 이전에 끝을 경험해봤잖아.
그게 얼마나 괴롭고 지난한 과정인지 알아버려서,
이 행복을 믿었다가
오래 아파할 일이 두려운 거야.
나는 '지금' 너를 사랑해.
미래에 우리가 어떻게 될지 모르더라도.
이 지금들이 모여 미래를 이루니까.
나는 지금 그리고 또 지금,
충분히 사랑하려 해."

단순한
형태

너는 가끔 내 사랑을 의심하곤 해.

그거 알아?

사랑은 복잡하고 다채로운 것이지만
가장 단순한 형태로 드러나곤 한다는 거.

잘 들어봐.

너를 만날 날에 입을 속옷을 정해두는 것,
너를 만나는 날엔 달콤한 향이 나는 향수를 쓰는 것,
너를 집에 보낼 때면 헤어지기 아쉬워
괜히 별이 예쁘다느니, 날씨가 좋아 더 걷고 싶다느니 하는 것,
유독 달이 밝은 날엔 너에게 말해주고 싶은 것.

거 봐, 사랑이 맞지.
이게 사랑이 아니면 뭐란 말이야.

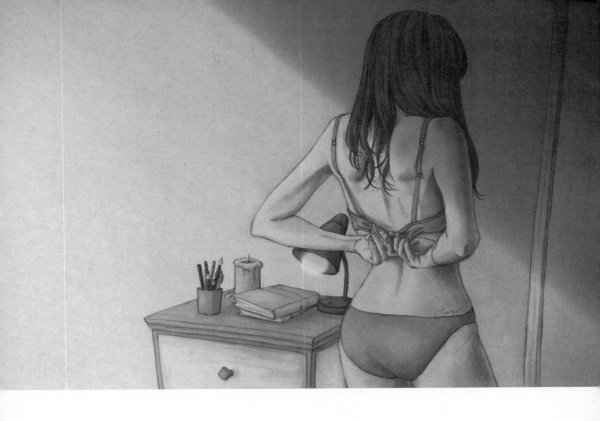

사랑이
없는

몸이 이렇게 가까우면서도
마음은 닿지 못하는 곳에 떨어져 있을 수 있었다.

알고 싶지 않은 느낌을 알아버린 듯한
불쾌한 분위기가 방 안을 가득 채웠다.
답답한 공기 속에서
우리는 직감적으로 알 수밖에 없었다.
관계에 균열이 생기고 있음을.

몸과 마음은 금세 따로 움직였다.
마음을 잡아보려 손을 휘저어보아도 잡히지 않아
이렇게 뒤섞여 있을까.

이날은 우리에게 두고두고 아픈 기억으로 남겠지.

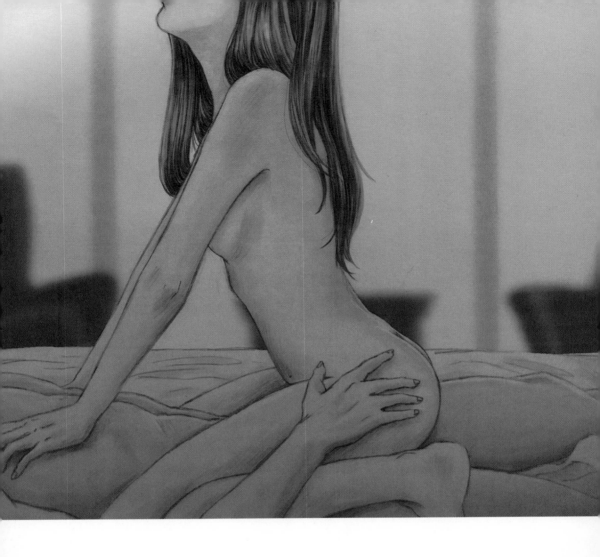

대책
없이

너는
내게
무작정 사랑스러운 사람.

우리는 대책 없이 사랑에 빠졌고,
이건, 그저 세상의 이치가 그러하듯,
우리의 사랑이 대책 없이 끝나도
이상할 것 없다는 뜻과 같았다.

가장
슬픈 순간

가장 슬픈 순간은
같이 있지만 혼자라는 걸 알아버렸을 때,

같이 있을수록
그 느낌이 더 선명해질 때.

우리는 차라리 누군가 와서
어서 이 관계를 끝내주기를 기다리는 사람들처럼
시간에 의존해 끌려갔다.

끝을 맺는 것도 유지하는 것도 괴로워
어느 것 하나 선택하지 못한 채로
서서히 시들어가는 나무처럼.

나는 시든 너의 마음을 움켜잡고 생각했다.
'더 매몰차게 해. 그렇게 어설프면 갈 수가 없잖아.'

5장

영원하지 않은 사랑도
충분히 근사할 수 있다고

이별

"너랑 만나는 게 숙제처럼 느껴져."

"야, 다 필요 없어. 정 떨어졌어. 헤어지자."

"널 사랑하는 게 힘들어."

날 사랑한다고 말했던 이들이 내뱉었던 마지막 문장들이다.
나를 보며 빛나던 눈들은 어느 순간 초점 없이 굳어 있었다.

반복되는 몇 번의 이별을 통해 내가 깨달은 것은,
이별을 거듭 경험한들 그것이 익숙해지지는 않더라는 것이다.
이별은 내게 매번 새롭고 낯선 고통을 선사했다.

이별 후 가장 큰 괴로움은 '나 때문'이라는 자책과 후회다.
내가 덜 사랑스러워서,
내가 사랑받을 만하지 않아서,
나는 지겨운 사람이라.

내가 이런 사람이 아니었더라면,
그때 그렇게 말하지 않았더라면
이 관계가 끝나지 않았을까 하는 마음이 든다.

이별 후, 혼자가 된다.
생채기 난 마음을 회복하는 일 또한 혼자의 몫으로 남는다.
시작은 함께 했지만, 끝은 혼자 감내해야 한다.

이별의 가장 큰 잔인함은 고통의 기간이 정해져 있지 않다는 데에 있다.
어떤 이에게 이별의 아픔은 단 하루일 수 있고, 어떤 이에겐 몇 년이 될 수도 있다.
이는 끝이 보이지 않는 안개 속을 걷는 일과 같다.

우리는 연애를 하는 동안 서로 겹쳐지는 경험을 한다.
서로를 닮아가고 익숙해지고 서로가 서로의 일상이 된다.
그 교집합의 면적이 넓을수록
서로를 떼어내고 남은 자리는 덕지덕지하고 깊은 생채기투성이다.

이별 후, 모든 것이 무너진 듯한 감정에 빠지지만
세상은 여전히 잘 굴러간다.
다시 아침이 오고 밤이 오고 새벽이 온다.
나는 이렇게 슬픈데, 참 얄밉게도
어제와 같은 오늘, 또 오늘과 같은 내일이
반복되는 것을 막을 도리가 없다.
이별은 반복되던 일상을 버겁게 한다.
일상은 그대로인데,

일상의 전부 같았던 무엇이 송두리째 뽑혀 나간 느낌이다.

뜻밖에도 이별의 상처를 견디는 법은 꽤나 단순하다.
아무것도 하지 않고 이불 속에 파묻혀 있는 것,
가만히 앉아 좋아하는 노래를 듣는 것,
맛있는 음식을 먹거나 친구를 만나는 것,
혼자 서럽게 울어도 보고 실컷 욕도 하면서
그렇게 하루하루 넘어가는 것이 전부다.
스스로를 돌보고 보호하는 일들에 최대한 많은 시간을 보내면서.

이별 후 꼭 해야 할 작업은 과거를 마주하는 일일 것이다.
파도치던 감정이 잠잠해지고 후회나 원망이 옅어질 무렵부터
나 그리고 연인이었던 그 사람,
이 둘의 관계를 조금 더 객관적으로 바라보는 것이다.
이별을 받아들이고, 상실로 인한 슬픔을 마주하면서.

'우리는 어렸고, 관계를 어떻게 지켜야 하는지 몰랐다.
네가 여전히 생각나지만, 돌이킬 수 없음을 안다.
네가 없으면 도저히 안 될 것 같았던 일상도, 제법 잘 살아내고 있다.
우리는 사랑했지만 헤어졌고,
비록 헤어졌지만 무의미한 만남은 아니었다.
그저 우린 딱 거기까지의 사랑이었던 거야.'

사랑인 것,
사랑이 아닌 것

"날 사랑한다면 그러지 말았어야지."
"네가 말하는 사랑이 도대체 뭔데?"

사랑이란 말은 교묘해서 우리를 헷갈리게 하고
실제로 꽤 많은 우리를 속여왔다.
소유욕, 지배욕, 외로움, 공허, 불안, 집착, 통제, 방치.
모두 사랑이란 가면을 쓰고 오는 것들.
'나'라는 망가진 틀 안에 '너'를 구겨 넣는 것을
사랑이라 속삭이는 사람들.
우리는 점검할 필요가 있다.
내가 (혹은 네가) 하는 것이
너를 사랑하는 것인지,
나를 사랑하는 것인지,
사랑 그 자체를 사랑하는 것인지.
우리가 하는 것이
사랑인지, 사랑이 아닌지.

중간의
온도

언제부턴가 우리는
차갑거나 뜨겁거나,
사랑하거나 미워하거나, 를 반복했다.
극단의 강렬한 느낌에 중독된 사람들처럼.

어느 때는 내가 사랑하는 것이 너인지,
네가 주는 느낌인지 헷갈릴 정도였다.

우리가 중간의 온도를 불안해하지 않았더라면,
결국 사랑을 유지하는 힘은
황홀한 순간을 지속하는 것이 아니라
시시한 일상을 즐기는 데에서 나온다는 사실을 알았더라면.

달콤한
것

네 입술만큼 달콤하고 해로운 것이 또 있을까.

네가 고백하는 사랑은 나를 녹이다가도,
또 어느 때에는 네가 토해내는 말들이
내 몸 구석구석에 박혀 나 자신이 되어가.
너무 아파.

달콤한 것은 해롭기 마련이야.
어쩐지 네가 그렇게 달더라니.

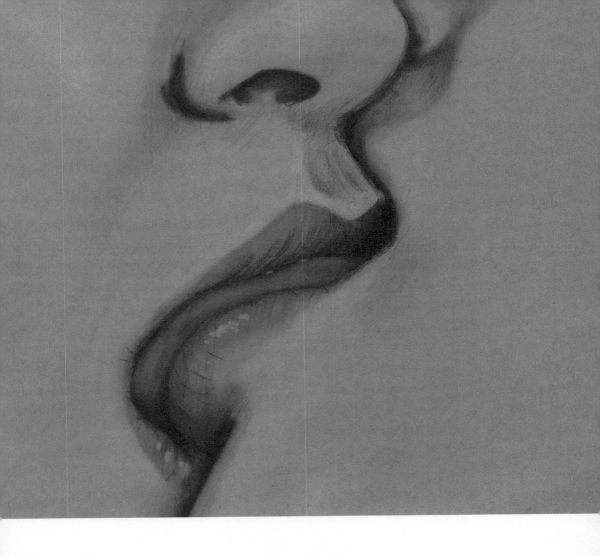

127

의미
없는

너는 상처 주기로 각오한 듯 나를 노려보았고,
나는 상처 내려면 내라는 듯 너를 노려보았어.
늘 그래 왔듯, 우리 사이에 발생하는 갈등에
대부분 대단한 의미가 담긴 것은 없었다.
어떤 의미가 있다면,
'날 더 사랑해줘'
'내 맘을 알아줘'
따위의 것들.
서로 차갑게 노려보며 칼 같은 말들로 베고 베이는 순간에도
우리가 실제 바랐던 것은
네가 나를 사랑하는가에 대한 증거 내지는 확인 같은 것.
그러나 안타깝게도, 날이 선 말들에 가려진
지치고 유약한 서로의 내면을 차마 보지 못했다.
이 싸움에서 주고받는 표면적 대화들이
그다지 의미 없다는 것쯤은
처음부터 알고 있었다.
이 의미 없는 싸움을 안전하게 종결하지 못한다면
다가오는 이별을 막을 수 없으리란 사실도.

난해한
문제

"내가 아름다워 보였던 건
우리가 멀리 있었던 탓이야.
멀리서 보면 모든 게 아름답기 마련이지.
가장 가까운 곳에서 보니 어때?"

"너는 난해한 문제 같아.
의무감에 풀지만 풀어도 푼 것 같지 않은 찝찝한 문제.
이젠 너를 들여다보기가 두려워.
너를 몰라 설레던 시간이 그리워."

사랑엔 설렘이 필요하지만
설렘은 사랑이 아니라는 장난 같은 말이 얄미웠다.
모든 것이 어려운데
사랑쯤은 쉬워도 되는 거 아니냐고.
사랑을 해내는 일이 이렇게 난해할 줄 알았다면
그렇게 서툴게 시작하지 않았을 텐데.
어느 지점, 몇 번째 단추를 잘못 꿰었는지,
어느 날, 어느 시간부터 얽혀 있는지를
되짚기 시작할 때는
보통 이미 늦은 때였다.

잃은
것

너와의 이별은
'나는 사랑받아서는 안 되는 존재'라고
심장에 반듯하게 각인시켜 알게 하는 잔인한 경험이었다.
감히 사랑받으려 했다가는 곧장 버려질 테니
욕심내서는 안 된다는 또렷한 목소리가 내면을 지배했다.

나의 무엇이 이 이별을 초래했지?
그때 그러면 안 됐던 걸까?
내가 놓친 게 뭐지?

따위의 자조적 질문들이 쏟아졌다.
너와의 이별에서 '나'를 잃었다.
너와 관계 맺은 시절의 모든 '나'는 있었어도 없는 사람.
지워야 할 사람.
너와 이별한 그 자리에 오지도 가지도 못한 채
덩그러니 서 있는 나를 두고 올 수밖에 없었다.
이별의 고통이 무시무시한 까닭은
자아가 뒤틀리고 깨지는 사건이기 때문이다.
그래서 모두들 막아보려 미뤄보려 애쓰는 것일 테지.
잃은 것이 너 하나뿐이라면
이렇게 아프진 않았을 텐데.

유기

우리는 서로를 유기했다.

애당초 갖지 말 걸 그랬어.

버릴 일도 버려질 일도 없게.

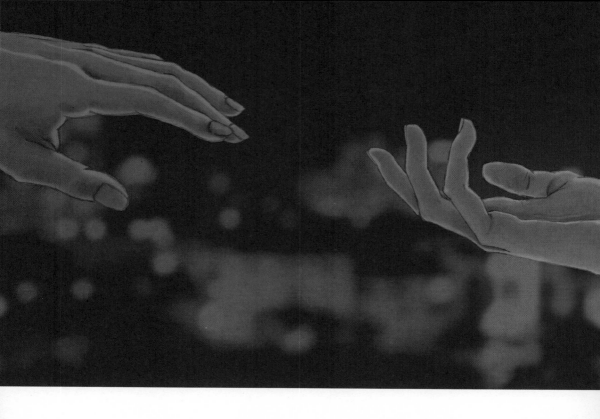

빈자리

'네가 입었던 옷에는 아직도 네 체취가 남아 있어.
옷을 안고 눈을 감으면 네 품에서 잠드는 것 같아.
너는 갔지만 네가 있던 자리에는 아직 네가 있는
이 숨 막히는 아이러니를 너는 알까.'

존재하던 것의 부재는 당혹감을 불러오고
뒤이어 공허와 슬픔에 빠지게 한다.

원래로 돌리고 싶은 본성과
떠나간 것이 남긴 공허를 다시 채우려는 갈망.

결국, 빈자리가 괴로운 이유는
사실 그것이 비어 있지 않기 때문이다.
비어 있는 듯 보이지만 너로 가득 차 있기에.

좋은
이별

헤어지던 날,
우리를 더 이상 '우리'라 부를 수 없게 되던 그날,
너와 나는 서로에게 잘 지내라 얘기했어.
글쎄, 왠지 마지막 말은 그거여야 할 것 같았거든.

실은 이렇게 말하고 싶었어.

'네가 죽을 듯이 아팠으면 해.
미칠 듯이 힘들었으면 해.
나 없는 네가 망가지고 부서져서
숨 쉬는 것조차 고통이었으면.'

좋은 이별을 만들려는 건 욕심이야.
진실을 부정하려는 허황된 몸부림 같은 것.
고하는 사람에게나 듣는 사람에게나
모두의 자아에 상흔을 입히는 사건이기 때문에.

외면

어젯밤 꿈엔 네가 나왔어.

네가 아직도 꿈에 나타나는 이유를
나는 모르는 척하고,
당최 영문을 알 수 없다는 듯이
"별 희한한 꿈을 다 꾸네"
하며 대수롭지 않게 흘려 넘기는 거야.

영영 외면하는 거지.
그러지 않으면 넌 계속해서 나타날 테니까.

사랑의
종결

아무리 싸워도
네가 끼니를 거르지는 않았을까, 혹 아픈 곳은 없을까,
어떤 하루를 보냈을까, 무탈한가,
또 밤새 뒤척인 것은 아닐지가 궁금했다.

이별 후에도 그랬다.

그래서 아마 가장 잔인한 것은
만남의 끝과 사랑의 끝이
대부분 일치하지 않는다는 사실.

그 종지부는
지난한 이별의 서사를 거치며
서서히, 그러나 분명하게 찾아온다.

어느 날,
더 이상 네 안녕함이 궁금하지 않게 되면서,
네가 오늘 먹은 식사가, 너의 어젯밤 꿈이
나와 상관없어지면서

그렇게 사랑이 종결된다.

사랑에 대한
예의

그때 그 키스가 오직 순도 높은 사랑 속에
이루어지지 않았더라도,
그 안에 미움, 거짓, 기만, 욕구 혹은 비겁함 같은
불순물이 다소 섞여 있어도

그 순간을 아름다움으로 간추려 기억하는 것은
온전한 이별을 하는 데에 중요하고도 필요한 작업이야.

그저 아름다움을 흉내 냈을 뿐이더라도
기억을 편집하는 거지.
자르고 지우고 강조하고 잊고, 그렇게.

다시 돌아가도, 나는 너를 선택할 수밖에 없었고,
너는 충분히 사랑스러웠으며,
너를 사랑했던 나를 부정하고 싶지는 않아서.
이게 나와 너에 대한 예의라는
진부한 얘기를 하려는 거야.

그리고 우리가 선택했던 그 사랑에 대한 예의.

결과가 고작 이거냐며 허무해할 필요 없어.
분명 우린 매 순간 최선의 선택을 했을 테니까.

유약하고
여린

우린 사랑이었을까
사랑이 아니었을까.
사랑이 '아니었다' 하려니
딱히 붙여줄 다른 이름이 없고,
'사랑이었다' 하기엔
너무 힘없이 바스라졌다.

이렇게 생각하자.

무수한 시간이 지난 어느 날 지나온 길을 돌아봤을 때
삶의 한 자락에 너와 내가 있었다고.
부서질 듯 반짝이던 어떤 만남이,
그렇게 유약하고 여린 사랑이 있었다고.

증오에
관하여

사랑과 증오는 긴밀하다.
우리는 언제든지 사랑하는 이를 끝없이 증오할 수 있다.

사랑에 어쩔 수 없이 각자의 기대를 걸고,
그 욕구가 늘 충족되지는 않기 때문에.

좌절된 기대는 원망으로 이어지곤 한다.

사랑을 욕망했던 자신을 증오하거나,
기대를 충족시키지 못한 상대를 증오하는 모양으로.

사랑하는 것과 증오하는 것은 아마 한 자락의 차이.
얄팍한 사랑은 대개 증오로 끝나고 마니까.

그럼에도 우리는 다시 기대를 걸 만큼 어리석고
사랑은 얄미우리만치 달콤해서
나는 너를 죽도록 사랑하고 또 죽도록 증오해.

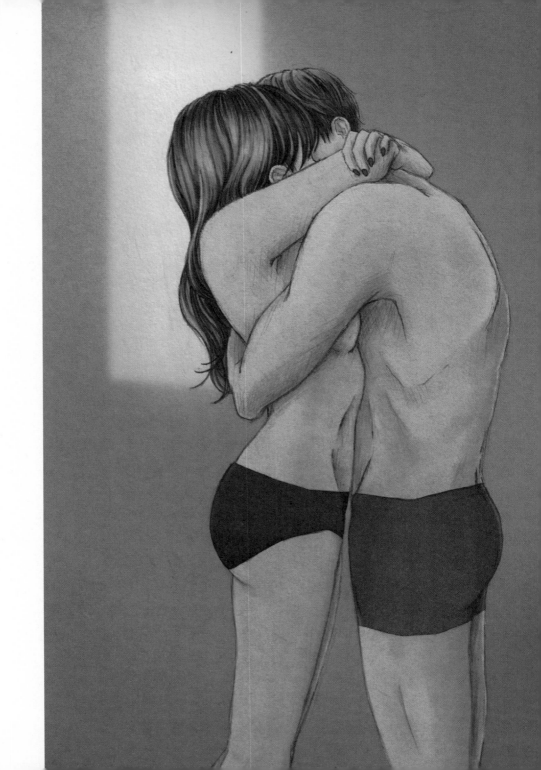

| 기대

사람들은 인생에서 무언가 단 한 가지라도
영원히 곁에 있길 바라.
대개는 사랑에 그 기대를 걸지.
그게 얼마나 지겹고 까마득한 일인지는 중요하지 않아.
그저 그러길 바라는 거야.

'너만큼은 날 무한히 사랑하기를.
우리의 사랑이 영원하기를.'

영원할 듯 애틋하던 사랑조차 이별을 맞이하면,
비로소 그 기대가 얼마나 덧없는 것이었는지 알게 돼.
믿었던 사랑에도 끝이 있다니.
이제 무엇에 기대를 걸지?
우리 끝나버린 사랑에 너무 놀라지 말고,
낙관하지도 비관하지도 말고,
가만히 직시해보자.
이별을 통과하지 못하는 사랑도 있음을.
무엇이든 영원해야만 가치 있는 것은 아님을.
그리고 이전과는 다른 기대를 하는 거야.

영원하지 않은 사랑도 충분히 근사할 수 있다고.

6장

처음이자
마지막

시 새
작 로
  운

눈이 녹으면 꽃이 피듯,

지독히 아픈 이별을 겪어도 또다시 사랑에 빠진다.

언제 아팠냐는 듯 달콤하게.

우리가 어리석기 때문일 수도,

사랑이 우리를 어리석게 하기 때문일 수도 있지만

인생은 언제나 예기치 못한 일들로 가득하고

우리가 숨 쉬는 곳은 현재이며

오늘을 살 수 있는 것은 어제를 망각한 덕분이기에

다시 사랑에 빠지는 일은 기꺼이 용서하고 싶은 어리석음이다.

나는 새 신발을 신을 때 구태여 조심히 신으려 하지 않는 습관이 있다.

지금은 소중해도 곧 헌 신이 될 테고

아무리 아껴 신어도 곧 때 묻고 마는 게 새 신발이니까.

너무 소중히 다루다가 조금 묻은 흙에도 마음이 저리는 게 싫어서

처음부터 정을 주지 않으려는 마음이다.

새 사랑의 반짝임도 영원하지 않다.

점점 닳고 색이 바랄 것이다.

너를 향한 나의 감각들은 무뎌질 것이다.

그리고 너를 잃게 될 가능성은 언제나 있다.
중요한 것은 새것의 신선함을 잃은 빛바랜 그 무엇일지라도
여전히 사랑할 수 있는가, 이다.

나는 새 신에 연연하는 대신 헌 신의 가치를 잊지 않기로 했다.
함께 거닌 시간이 새겨진, 내 무게를 견뎌준 낡은 신발에 고마워하면서.

이별의 상처는 나와 상대를 보는 눈을 길러준다.
같은 아픔을 또 겪고 싶지 않으니까.

진정한 사랑은 있는 그대로를 사랑하는 것이라지만,
난 그 문장을 보면 무력해지곤 했다.
너무도 쉽게 쓰인 듯한 이 문장은
치열한 싸움 끝에 겨우 얻어지는 것이기 때문이다.
인간은 끝없이 이기적이고 사랑에도 한계가 있다.

사랑이 한 세계와 또 다른 세계의 충돌이라면
무턱대고 매력적인 세계를 선택하기보다,
애초에 나와 덜 충돌할 만한 세계나
교집합이 많은 세계를 선택하는 것도 현명한 방법이다.

누구에게나 사랑은 생각 이상으로 위험부담이 높은 게임이다.
사랑하는 마음이 클수록 언젠가 받을 상처의 크기도 커진다.
누군가를 사랑한다는 건 그에게 언제든
나를 상처 낼 수 있는 틈을 주는 것과 같다.
상처를 수용하는 것 없이는 사랑도 없다.

사랑이 두렵고 떨리는 시도가 되었으면 좋겠다.
관계 맺는 일을 얕잡아보지 않는 마음으로 행하면 좋겠다.
사랑이 반드시 어려운 것은 아니지만 쉽지도 않았으면 좋겠다.

너를 사랑한다.
내 마음 깊은 곳에 손상을 입게 돼도, 또다시 어리석어져도,
영원을 기약할 수 없다 해도, 언젠가 네가 나를 싫어한다 해도,
이 모든 것이 두려워도.

이제는, 어느 날 나타나 나를 구원해줄 단 한 사람을 믿지 않는다.
나는 사랑을 믿는다.
사랑이 지닌, 고상하고 순전하고 아름다운 본래의 가치를.
그리고 무엇보다, 사랑을 애쓰는 나 자신을 믿으려 한다.

다정한
시선

가끔은 수줍음에 내 눈을 잘 보지 못하던 사람.

그런 네가 천진한 아이의 눈을 하고
나와 다정히 시선을 나눌 때면

나는 이토록 빛나는 사람이
세상에 존재한다는 사실이 그저 신기해서
할 말을 잃곤 했지.

새로운 사랑
앞에서

이별은 사랑의 실패가 아니야.
사랑의 미완성, 어린 사랑의 결과.
만개하지 못하고 꺾인 꽃 같은 것.

미완성의 경험은 우리로 하여금
새로운 사랑 앞에서 주저하고 망설이게 하지만
사랑이 정말 고결한 것이라면,
사랑을 이루어가는 과정이 이별의 여부보다 가치 있다면,
사랑을 믿을 한 줌의 용기가 남아 있다면,

우리 한번 시험해보는 거야.
이 사랑이 어디까지 갈 수 있을지.

필요한
애정

원래, 나 외의 다른 존재는
내 마음대로 되지 않는 법이잖아.

꽃 한 송이조차
그에게 맞는 온도와 물과 빛이 주어지지 않으면
시들어버리니까.

우리, 애정을 쏟기 전에 멈춰 생각하기로 해.
내가 너를 이해할 수 없다는 사실에 대해,
네게 필요한 애정이 무엇인지에 대해.

고민 없는 사랑만큼 위험한 것은 없으니까.
부디 뜨거운 물을 부으며
왜 시들어가느냐고 따지는 일은 없기로 해.

| 겹쳐짐

당신은
다른 이가 머무르다 간 자리를 메워주는 존재가 아니야.

당신은
누군가의 빈자리를 채우기 위해 있는 존재가 아니야.

당신은
날 떠난 이의 대신이 아니야.

당신은 내 일부를 지우려고 여기 있는 게 아니라는 말이야.

오히려 우리는 겹쳐지려고 여기 있는 거야.
이런저런 과거로 마음이 얼룩덜룩한 우리가.
사랑은 타인과 겹쳐지는 연습이니까.

지금, 우리는 겹쳐지고 있어.

처음이자
마지막

나는 사랑이라 불릴 만한 아름다운 사랑은
일생에 단 한 번쯤이라고 믿어.
사랑이 인류 최상의 가치라면
그것이 매번 가능할 리가 없다고.

모든 만남은 꽤 특별했지만
모든 만남이 사랑은 아닐 거야.
사랑 닮은 것들은 해봤겠지만.

네가 내게 사랑이었으면 좋겠어.
처음이자 마지막 사랑.

깊은
곳

우리 사랑이 깊은 물 같으면 좋겠어.
많은 것을 담을 수 있게.

사랑과 자유, 희생과 나다움이 흩어지지 않고
우리 사이에 공존할 수 있게.

얕은 마음에 발을 담그고 싶지 않아.
쉬이 바닥이 드러나는 마음은 재미없어.

나는 말이야,
푹 잠겨도 발이 닿지 않는 깊은 곳에 들어가고 싶어.

색

너는 무척 다양한 색을 내.
어느 날은 한 가지 색이었다가도
어느 날엔 동시에 여러 색을 내지.
또 어느 날엔 아무 색이 없어.

나는 네가 누구인지 정의할 수 없어.
너를 정의하는 순간, 너를 정의하지 못한 게 되고 말 거야.
너는 오색찬란한 빛을 내니까.

네가 어떤 색이든 괜찮아.
색이 하나여도, 여러 개여도,
색이 없어도, 투명해도 너를 사랑해.

너의 모든 면을 사랑할 수 있다는 뜻이 아니라
그토록 다양한 색을 지닌 너를 사랑하는 거지.

'너'라는 색, 그 오묘한 색을 사랑해.

고요히

사랑의 시작은 화려하지만
사랑의 결국은 둘 중 하나다.

점차 자신다워지거나
점차 자신을 파괴해가거나.

진실된 사랑은 사람을 파괴하지 않는다.
그것은 사랑의 본래 속성이 아니니까.

우리는 오롯이 나로 존재하고 싶을 뿐.
이런 나라도 사랑해주었으면 하는 마음.

이런 단순한 바람이 쉬이 받아들여지기란 어려움에도
우리는 또다시 사랑을 시작한다.

점차 고요히 그렇게 사랑하는 법을 배워간다.
홀로 요란하지 않게.

너의 마음과 속도를 맞추어 너를 헤아릴 여유가 있게,
네 속에 감추어진 어린 자아를 내가 달랠 수 있게.

에필로그

이 책의 원고를 작업하는 동안 거울을 들여다보는 일이 잦았습니다.
몸의 어느 부분에 그림자가 들어가고 근육이나 뼈의 모양이 어떤지
자세하게 관찰하기 위해서였습니다.
『몸의 언어』라는 타이틀에 걸맞게
인체와 인체의 맞닿음을 잘 표현해내고 싶었거든요.

사랑과 관계에 대한 고찰을 수반하는 작업이다 보니
누군가를 연인으로 맞이하는 일 또한 거울을 들여다보는 작업이란 것을
새삼스럽게 절감하기도 했습니다.
우리는 결국 타인을 통해 우리를 볼 수밖에 없으니까요.
세상에 태어나 사람이 하는 모든 일이 사실은
자기 자신이 누구인지를 확인하는 과정이 아닌가 싶었습니다.

그림을 그리고 글을 쓰는 일 또한 마음을 비추어 보게 합니다.
작업을 하며 그림과 글은 나의 일부를 반영할 수 밖에 없다는 것을 알았습니다.
내가 어떤 사람인가에 따라, 내면에 무엇을 갖추었느냐에 따라
그 결과물 또한 달라지니까요.
마음에 지닌 것, 딱 그만큼만 보여줄 수 있는 듯해요.

사실, 글쓰기와 그림을 배운 적이 없는 저에게
무언가에 대해 그리고 쓴다는 건 즐거우면서도 무거운 일이었습니다.

그렇지만 저처럼 낯도 가리고 말솜씨도 부족한 사람에게
그림과 글이라는 매개는 역시 '나'를 들여다보고 표현할 수 있는
가장 좋은 통로가 되어주었습니다.

자신을 표현하기 시작하자 많은 일이 생겼습니다.
가장 먼저 플로베르 출판사에서 함께 책을 내자고 제안해주셨어요.
한 온라인 플랫폼에 막연히 연재를 이어가던 저에게
종이책으로 출간해보자고 손 내밀어 주신 것이
작업에 가장 큰 원동력이 되었습니다.

무엇보다 연재를 이어가며
많은 독자분의 공감과 애정과 응원을 받았던 순간은
모두 나열할 순 없지만, 하나하나 기억하고 있고
제가 받기에 과분한 마음들이었습니다.
한 대학 동기로부터는 다달이 개인적 후원을 받기도 했습니다.
이런 감사한 일이 내 인생에 일어나도 좋을까, 싶은 날들이었습니다.

물론 저를 탐탁찮은 시선으로 보는 이들도 생겼어요.
섹슈얼한 그림을 그리는 여성 작가에게
부적절한 접근을 하는 사람들도 있었습니다.

나를 표현하는 것은 매력적인 일이지만
예상할 수 없는 타인의 반응에 대한 두려움을 감수하는 일이에요.
다양한 반응 속에서 많은 생각과 감정이 오갔지만
이 모든 경험이 창작을 하는 사람,
더 나아가 창작을 하는 여성으로서의 삶에 대해
고민할 수 있는 귀중한 시간이었습니다.

『몸의 언어』는 사랑을 가장 미워할 때에 그리고 쓰기 시작하여,
사랑과 이제 막 화해하기 시작했을 때에 완성했습니다.
지난 만남을 떠올리며 작업하는 일이란 생각보다 어려웠지만
자신을 기록하는 일은 분명히 저를 즐겁게 했습니다.
앞으로도 계속 저의 세계를 기록해나가고 싶습니다.
이후 더 알아가고 배울 것들이 무엇일지 기대됩니다.
그 속도가 조금은 느릴지라도, 분명한 방향으로 나아가고 싶습니다.

저의 느릿한 행보의 시작이 이 책이 아닌가 싶습니다.
그 첫걸음에 함께해준 모든 분께 마음을 다해 말하고 싶습니다.

진심으로 고맙습니다.

이 책을
후원해주신 분들

가지가지	복숭아남친	이윤진	홍비
고니우스	빵솔이	이주원	황명철
고양고양	뽀로롱	이하나	효신
괜찮아	뽁뽁이	이휘녕	Alpheratz
김군도	새초미	임발 [imbal, 臨	anemochore
김민상	서유경	發]	Annelala
김용석	셀라	장아해	bongbong****
김유진	소망의바다	전유리	en septembre
김윤정	소미혜	전지훈	eocjssla
꽃잎	수향	정석환	eunsolwalk
나프	순두부	정수연	hy
남정수	슝슝희	조영주	Iris
남조이	스윗곤듀	종돌	jade-light
녹	슬예	참없다	k****
눈녹두	심상욱	채연	kwangwoo****
담다	심생원	채현	LastOrder
도희	아침달빛	책소녀	Line Nine
두큰둑흔	얌얌얌	최나래	Miracle
또리	어여쁘니	최미미	pres****
라헬	여울	최영훈	RA
리비	영경엄마	최예지	sji****
맑은하늘	영차영차	최재윤	sml****
미스란디르	오정수	최정수	So-hyeon Ryu
바람	유니윤	크림그림	Soy
박시연	유리	판다	straycat
박제	이가영	팬텀	Sungwon Jo
별곰자리	이서진	프리지어	tjdudtn****
별자락	이아영	현	Walnut
복숭아	이영상	현주	woaud****

몸의 언어
© 나른

지은이
나른

펴낸이
한기호

편집
정안나
유태선
김미향
염경원
김은지

마케팅
윤수연

디자인
스튜디오 프랙탈

1판 1쇄 인쇄
2020년 3월 20일

1판 1쇄 발행
2020년 4월 10일

책임편집
도은숙

경영지원
국순근

펴낸곳
플로베르

전화
02-336-5675

출판등록
2017년 5월 18일 제2017-000132호

팩스
02-337-5347

ISBN
979-11-962227-7-2 03810

주소
서울시 마포구 동교로 12안길 14
삼성빌딩 A동 2층 04029

이메일
kpm@kpm21.co.kr